Découvrez l'histoire par les archives de presse

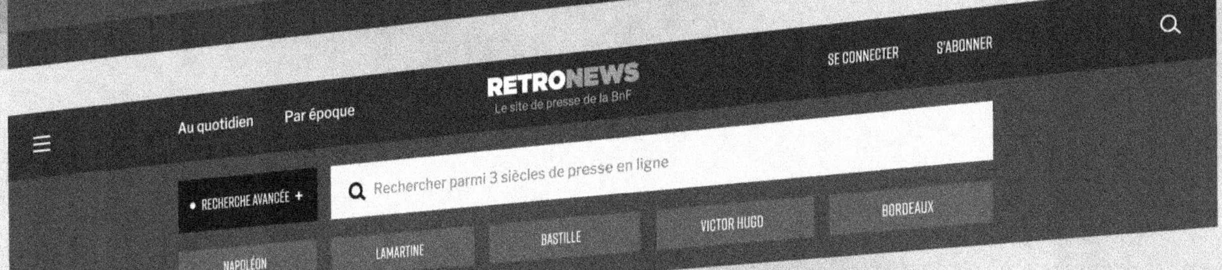

RETRONEWS

Le site de presse de la BnF

www.retronews.fr

Le Bambou

ᴵʳᵉ ANNÉE   Nᵒ 1

Périodique illustré

Paraissant tous les mois

Directeur : ÉDOUARD GUILLAUME
Secrétaire de la Rédaction : O'NIGRA

Les textes et dessins que publie le BAMBOU
sont rigoureusement inédits

PRIX : 2 FR. 50

SOMMAIRE DU Nᵒ 1

Janvier 1893

Les manuscrits et les dessins doivent être
adressés à la Rédaction du *Bambou*, 105, boulevard
Brune, à Paris.

ABONNEMENTS

FRANCE		ÉTRANGER	
Trois mois.	7 fr. 50	Trois mois .	8 fr. 50
Six mois. .	15 fr. »	Six mois . .	17 fr. »
Un an. . .	30 fr. »	Un an . . .	34 fr. »

Pour tout ce qui concerne la vente aux libraires
et pour les abonnements, s'adresser à

E. DENTU, 3, place de Valois, Paris

Le Gérant : ÉMILE VACHETTE.

Édouard Guillaume, Imp.-édit., 105, boulevard Brune, Paris.

Le Bambou

PREMIÈRE ANNÉE

TOME PREMIER

" Collection Guillaume "

Le Bambou

Périodique illustré

PARIS

E. DENTU, ÉDITEÚR

3, PLACE DE VALOIS, 3

1893

Tout notre siècle a été grande-
ment transformateur — mais surtout ces derniers vingt ans ont mo-
difié profondément notre vision des
êtres et des choses. L'univers n'est
plus le même. Les moindres choses
sont regardées d'un autre œil. La
photographie nous a *appris à voir*
ce que nous voyions d'après des
conventions. La science nous a

refait l'idée de l'univers, de la vie,
de la mort, de la maladie, de la
santé, du passé et du présent. L'art
seul retardé un peu et s'obstine
encore à ne pas voir ces merveilleux
changements, et cependant une gé-
nération est là qui grandit, *les
hommes nouveaux qui vont apporter
les choses nouvelles*, les hommes qui
vont écrire et peindre pour la géné-
ration qui monte.

Frappés de l'insuffisance des pé-
riodiques, des choses intéressantes
pour tous qui ne sont pas présen-
tées au public sous la forme *stricte-
ment vraie* — nous tentons de com-
bler une inexcusable lacune par une
publication d'un ordre *absolument
nouveau*.

Nous voulons publier des œuvres
d'imagination neuves, sur des sujets
passionnants et inconnus, des sujets
qui nous conduiront à travers le
temps et à travers l'espace, depuis

l'Homme qui vivait il y a huit
mille ans dans les cavernes et sur
les lacs, jusqu'à l'Homme contemporain, depuis le Parisien jusqu'à
l'habitant du centre de l'Afrique.

En un mot, dans une publication
nouvelle par sa composition maté-
rielle, nous tenterons d'infuser un
esprit hardi et novateur, qui s'adresse
à tout le monde et qui émeuve tout
le monde. Aucun sacrifice ne nous
coûtera, pour que l'œuvre soit tout
ensemble luxueuse, commode, par-
faitement artistique, originale et
documentée.

A l'Ombre et au Soleil

PRÉFACE

Les prêtres de *Sôurya*, — dieu du Soleil dans la
religion hindoüe,— ont gardé, à travers les siècles,
la tradition des écoles inaccessibles au vulgaire,
où se conservent, s'enseignent et se développent.
les hautes sciences de l'Orient. Ces écoles, infiniment supérieures à la civilisation morte où elles
se sont maintenues, possèdent les connaissances
et la philosophie du passé et se tiennent secrète-
ment au courant des formes nouvelles de la
Science et de l'Art qui naissent sur tous les points
de notre planète. Elles élèvent, à cet effet, des
savants et des artistes spéciaux, qui parcourent

le monde et rapportent des trésors, plus merveilleux, de siècle en siècle, dans le temple mystérieux et solitaire du Soleil : là, s'entassent et se classent des richesses intellectuelles immenses, l'histoire la plus vaste, la plus complète de l'Humanité.

Nous publions aujourd'hui un extrait de l'album de l'artiste incomparable, qui fut chargé de visiter le Paris contemporain. La sincérité, la vérité intense de son œuvre est telle qu'elle étonnera les plus expérimentés, car elle n'est point dénaturée par les habitudes qui ne nous permettent, en quelque sorte, que de voir à travers un prisme déformateur. Mais, nul doute que cette loyauté de rendu — avec ses délicatesses comme avec ses étrangetés — ne captive les lecteurs.

Le jeune disciple de Sourya, qui nous a autorisés à reproduire ses notes et croquis, nous a également confié divers albums faits par lui dans cet Orient, auquel toutes les recherches de nos voyageurs n'ont pu ôter son caractère mystérieux, et sur lequel nous pourrons dévoiler des choses saisissantes et nouvelles.

Après les albums sur Paris et l'Europe, nous nous proposons de publier ces documents merveilleux, où se trouveront unis à doses égales, mêlés profondément, l'Étrange et le Vrai, où l'amour de l'inconnu pourra se satisfaire, sans atteinte à la Réalité.

Notes et Croquis

DE SOURYA

PETITS THÉATRES

et

GRANDES BARAQUES

Dans les plaisirs populaires d'Occident, un intérêt spécial m'attache aux fêtes foraines. Parmi des races depuis si long-temps en dehors de la vie errante, on est frappé de ce souvenir de très vieux temps, cette fête que les Nomades donnent aux cités. Voyez, dans un faubourg de Paris, ville des villes d'Europe, accourir ce monde

vagabond, ce peuple de saltimbanques qui
va élever pour quelques sema:nes une bourgade de toiles, de mâts, de planches, de
chariots. Voyez venir ces gens étranges qui
vivent dans des voitures, campent au bord
des villages, élèvent de fragiles théâtres

d'un jour, amènent des ménageries de
fauves. La grande vil!e ne s'étonne pas de
les voir venir, mais moi, je m'en étonne. Ils
sont restés si pareils à ceux qui circulent
aussi dans notre vieil Hindoustan? Il est si
bizarre de penser que c'est un vestige des
temps où des races entières rôdaient avec
leurs tentes et leurs bêtes à travers les
vastes pâturages, les forêts immenses, les
steppes désolés. Oui, le disciple de Souryâ

s'étonne de ce, reste extraordinaire des in-
calculables antiquités !

Et l'attrait des ambulants reste très vif

pour les gens du peuple — ce peuple occi-
dental qui a vu périr tant d'autres modes !
Leur venue éveille au faubourg de confus
espoirs, des souvenirs instinctifs d'une
existence barbare et charmante. Ils appor-

tent, eux les pauvres parias, souvent sales
et grossiers, ils apportent le délicieux souvenir de l'Espace, des eaux mères de la vie,
de la féerie des fleuves, de la
magnificence tremblante des
océans, du mystère glo-
rieux des forêts crépus-
culaires, ils apportent
un souffle de liberté puissante, la joie des terres
vierges, la
volupté des
Robinsons
que toutes
les âmes ré-
vèrent, les
levers des
aubes dans
la Savane,
l'ardente
tendresse des soirs d'été sur les campe-
ments, la mélancolie divine des feuilles
d'octobre et l'éternelle merveille des re-
verdis jetant la fleur étincelante aux fourches
des milliards de rameaux avides d'amour.
Ah! vieux ancêtres d'Orient et d'Occident,
vous nous avez légué à tous le désir de
votre vie nomade et de vos vastes et taci-
turnes Rêves!.....

Avec ardeur, les humbles cherchent donc

à la foire l'illusion et l'idéal, demandent l'oubli et l'allégresse à des paillons, des trompettes, des pitres qui hurlent, des machines qui voltent, des jeux illusoires, des monstres, des somnambules, des hercules, des prestidigitateurs, des acrobates...

C'est touchant, c'est l'éternel et brûlant effort par lequel l'homme se donne le courage de vivre.

J'y vais toujours de bonne heure, quand la multitude, encore clairsemée, flâne, forme des groupes épars, quand les plus pauvres, parmi les ambulants, jouent en plein vent leur drame de misère lumineuse.

Je contemple l'homme aux deux chiens, l'homme qui arrête un cheval, l'homme aux rats blancs, l'homme aux oisillons qui font le mort et choisissent les destinées parmi de petits papiers crasseux, les danseurs de corde, les avaleurs de sabre, le nègre qui fracasse un bâton d'un coup de dents.

Je retrouve ici le truc de la femme liée sur une chaise. Elle, un peu sèche, le visage bleui par l'étranglement de cette éternelle corde, lui, des traits doux et

honnêtes, beau garçon, faisant le saut pé-
rilleux, et marchant sur les mains. Tous
deux gentils, avec des maillots propres, des
cocardes à leurs
souliers. Gagnent-
ils leur vie? Sont-
ils de ceux
à   qui   la
chance man-
que et l'ha-
bileté? Il faut
qu'une gra-
vité se mêle
au   rire,
qu'un res-
pect sauve
la pirouette.
C'est tout un cla-
vier de surprises
à graduer, d'émo-
tions à réussir. Ceux-ci n'y sont pas
trop heureux. Quelques tours, quelques cris et le cercle se
forme; des gens, intrigués
de la corde, de la chaise
et de la table, attendent
avec patience. Le nom-
bre des spectateurs s'ac-
croît et l'homme annonce

le grand truc. La chaise est placée sur
la table, la femme s'installe sur la chaise
et l'homme commence à la lier tandis
que les spectateurs dénigrent ou s'en-

thousiasment ; mais à la troisième corde,
les plus rétifs se rendent, car la femme
est toute bleue, ficelée comme un sau-
cisson. Montre en main, elle a trois
minutes pour se détacher ; seulement,
l'homme va faire d'abord le « tour de la
société ». Une personne qui l'appelle? Ah!
un monsieur! Il y court, remercie, et fait
son « tour de société ». La femme bleuis-

sant toujours davantage, la pitié aide à
la recette. L'homme constate vingt sous.
« Vingt sous, ça ne fait pas un compte ! Un
» tour semblable vaut bien quarante sous !

« Allons ! encore vingt sous parmi toute la
» société ! » Et pendant que la femme
s'asphyxie, l'homme décompte lentement :
« Plus que dix-huit sous, dix-sept, seize... »
Pour le dernier sou, plusieurs personnes se
décident à la fois. Alors, de bonne humeur,
l'acrobate dit : « Ne jetez plus, je n'accepte-

4

rais pas!» On rit. Et la femme enlève ses liens.
Debout devant le petit chemin de fer en

miniature, ou assis sur un banc, devant les
bateaux qui tournent en tanguant, les petits occidentaux, de toute leur âme, de
toutes leurs forces — *désirent*. Ah! monter

dans le train minuscule, être emportés dans
ce balancement, au son des bouteilles dont

un virtuose a fait son orchestre! Bouteilles,
miroirs qui tournent, machine qui siffle,
tout est le bonheur, la volupté que toute la

puissance d'un maharajah ne pourrait leur
rendre plus tard.

C'est ce que sait ce pauvre ouvrier, ce
paria qui porte deux petits sur ses bras,

qui se résigne à peiner par ce dimanche où
tous espèrent de la joie, pour que les jeunes
yeux aient le frisson d'aurore, le souvenir
inoubliable? Que Souryâ et les Açwins le
protègent!

D'ailleurs, malgré mes préventions d'Oriental, j'aime la coutume européenne qui oblige

le père, le mari, l'amant à promener fille,
femme ou maîtresse. C'est un charme

extrême, les quelques gracieuses filles
vêtues de clair.

Un printemps dans le ruban de la natte

à boucle, dans les plis si doux de la jupe troussée. Merveilles blanches dans le trivial des foires, le secret du plaisir n'est-il pas, pour beaucoup, dans les jolies flâneuses, si distraites, et qu'on peut suivre, regarder, aimer à deux pas, en se figurant le frais ou l'orgueilleux poème, l'idylle au mariage paisible ou de passion tourmentée.

Le cœur s'arrête à l'intime splendeur de cette nuque, de ce jupon plissé, à l'aimable geste, à la soie vivante des boucles. Il peut aller, l'affreux orchestrion, rien ne désenchantera la fête, et parmi la poussière, la fumée infecte des fritures, les tristes trombones, les cloches,

le cœur vivra la profondeur des forêts, des
montagnes, des vallées à l'aube.

La foule grossit et s'anime. La vivacité
s'éveille; la badauderie, d'abord un peu
morose, prend consistance. Aux groupes

isolés, aux têtes clairsemées, levées dans
une curiosité vide et moutonnière, succède

la multitude arrêtée devant les parades.
Oh! la parade des fêtes populaires de
l'Occident! C'est là que se dépense le
meilleur de la foire.

... Avant la parade...

Tout faiblit devant elle; c'est le chef-d'œuvre : le plus beau spectacle de ces hommes du vagabondage ne doit-il pas être en plein air?

A elle, toutes les ressources de la troupe, tout le ruissellement des paillettes, tout le sel des réparties, toute l'animation jocrisse et la verve cocasse, et la splendeur des lumières! C'est Arouna (1) plus belle que le grand jour!

Grâce au prestige des étincelles, des lueurs, des jeux mouvants de la mousseline et des couleurs auréolées dans quelque jet

(1) Arouna, l'aurore.

resplendissant, quelque rais lunaire de feux
électriques, les .tristes hères des grand'rou-

tes, les mornes filles crasseuses et hâlées,
les voilà vêtues de grand luxe illusoire,
transfigurées dans le rythme et l'éclat, domi-
natrices des foules, pleines d'enchantements

délicieux pour les regards naïfs du peuple.
C'est leur guerre, aux Nomades, guerre
quelquefois pleine de navrants dessous.

Par les jours
où la foule
est rare, où
le vent est
dur, où la
pluie me-
nace — c'est
souvent une
Bérésina de
pitres, un
Waterloo
de danseu-
ses et d'a-
crobates,
mais un dé-
sastre vail-
lant, où ils
déploient
les forces du
désespoir et les ruses des loups affamés !

Et la parade est encore le symbole
de la poursuite du bonheur. C'est l'étincelante apparence, l'espoir diamanté, la
promesse des sorciers — c'est le pays merveilleux aperçu dans le rêve — c'est le
projet avant l'exécution.

Ne sortez pas du rêve, méfiez-vous de
l'intérieur de la baraque : vous y serez
éternellement déçu, quoique la foire ait ses
virtuoses et ses surprises.

Voici venir, à tra-
vers la foule, avec
sa petite corne qui
conjure le
mauvais œil,
l'Homme-des-
Bêtes, le légen-
daire Pezon,
vieillard dont
la science est
de parler aux
grands fauves;
il a l'allure
d'un anacho-
rète doux et
rude, qui, à
force de vivre parmi
les fauves, a pris de
leur figure. Sur sa
face maigre, la peau

est semblable à de l'écorce; ses cheveux
sont pareils à ceux des ermites du Mont
Tchitrakouta. On se le figure près de la
Mandakini aux eaux saintes, dans la pure
retraite où vécut Rama. Les gazelles vien-

draient le visiter, et les tigres épargneraient
sa chair amie des bêtes.

Il vient une heure où, avec la complicité
de la nature, la fête peut, en ses faibles
moyens, atteindre la beauté. Oui, tel soir
crépusculaire, les jupes de gaze défraîchies,
les maillots flasques, les figures lasses, se
baignent et se retrempent au Rêve. Un
pinceau de lueurs prodigieuses vient du
Couchant sur des créatures adorables. Les
petites jambes apparaissent suaves de la
tristesse colorée de jour effervescent; la
mousseline décuple des jupes est une nue
où plongent les lumières, les paillettes sont
comme la joie des lucioles par les buissons.
Le Rêve du monde sur les pauvres filles
les affine d'infinies délices, le cœur de
l'homme du peuple est plein de l'étonnement du prodige, car il sait que ce sont
ses maîtresses, celles qui lui donnent leurs
lèvres aux soirs tièdes; et quelle splendeur
de les voir tout à coup ciselées, radieuses,
et que la légende du crépuscule les fasse
semblables aux plus fines de celles que
l'on voit dans les équipages au retour
du Bois... Qu'ils aillent, les bras et les
jambes adorables, afin que le pauvre
homme emporte des visions à satisfaire
les dieux de l'Olympe. La foule est pour

l'estrade comme l'estrade pour la foule —
un éblouissement. Des minutes idéales
harmonisent ces deux bêtes face à face:

la charmeuse et la charmée.. Elles vont
danser, les petites danseuses avec le
don de grâce de la lumière. La foule
de Paris, nerveuse, presque poignée, les

suivra dans l'extase, et parmi tant de
silhouettes merveilleuses, la plus magni-
fique, peut-être, sera celle d'un mitron,
statue blanche, au vêtement quasi oriental

que le couchant arrose de lumière exquise.

Mais le grand drame pittoresque, jailli du
hasard et de l'espace, prend fin. Les cris
rauques du pierrot et du pitre rompent le
charme, une poussière s'élève des pieds en
marche et, de toutes parts, les orchestres
éclatent, les cloches sonnent, les tambours
sont étourdissants, des fusils détonent,

... Dans les coulisses...

des machines à vapeur sifflent, les éche-
veaux de sucre croulent avec lenteur,
·les plaques à crêpes fument sous le beurre
suifeux, et la vie foraine réapparaît une
école d'insouciance par les noires heures
craintives et économes d'une civilisation
raffinée, la réserve nomade, le bégaiement
d'une esthétique primitive, le tâtonnement
au plaisir des humbles, un rameau plus
délicat enfin de cette plante aux énormes
branches, à la vie formidable mais seulement ébauchée qu'est le Peuple en tous
pays.

(A suivre)

J.-H. ROSNY

Eyrimah

ROMAN LACUSTRE

☆

PREMIÈRE PARTIE

I

LES VILLAGES LACUSTRES

Sur le lac de Re-Alg (1), dans la Suisse
actuelle, les villages sur pilotis se disséminaient comme des îles à l'embouchure
d'un fleuve, et des populations brunes,
courtes de taille, aux yeux ronds, à
la tête large y abondaient. C'étaient les
envahisseurs asiatiques, ceux qui durant
l'Hiatus avaient filtré en Europe par les
grandes forêts et les rivières de la plaine
Ourale, par les défilés du Caucase.

(1) Ce récit se passe il y a 6,000 ans environ.

La race blonde, haute de taille et de
crâne long, qui errait à l'époque de la pierre
taillée aux savanes d'occident avait, après
des siècles, reculé vers le Nord, suivant le
Renne et le Mammouth, allant préserver
aux frimas cette vigueur et cette audace,
qui devaient lui assurer une place souveraine dans l'histoire du monde. Par le
nombre et l'organisation plus avancée, les
asiatiques avaient vaincu, et, vainqueurs
féroces, souvent ils avaient exterminé le
rival dont la trace disparaît en des districts
pendant des milliers d'années.

Ceux des grands nomades à têtes longues
qui n'avaient pas fui dans le Nord s'étaient
vus rejetés vers les péninsules arides, sur le
bord de l'Océan et sur le sommet des montagnes. Mais des tribus se maintinrent dans
les plaines par des circonstances heureuses
ou furent respectées des envahisseurs, si
bien que de l'alliance volontaire des uns et de
la soumission des autres il naquit une race
mixte, à tête ronde, à taille moyenne et qui
souvent joignait des yeux bleus allongés à
des cheveux sombres, ou des cheveux clairs
à des yeux ronds et bruns. Cette race de
mélange, où se retrouvaient, suivant la
règle, les types extrêmes, fut bientôt dominante ; mais longtemps, dans des pays pro-

près à la coexistence des deux familles, le
type asiatique et le type européen se con-
servèrent purs. Ainsi il advint pour des ré-
gions de la Suisse où les bas plateaux
nourrissaient les vainqueurs industriels,
agricoles et pastoraux, où les sommets et
les gorges profondes célaient des chasseurs
d'ours, de chamois et de bouquetins, issus
de l'autochtone des âges froids de la Magde-
leine.

A la fin de mai, un soir, le lac gisait sous
la clarté couchante, le profil des montagnes
se levait sur le Nord, les eaux merveilleuses où baignait un éclatant crépuscule,
remplissaient l'ouest. La vie semblait lente,
figée dans le rêve de lumière qui termine la
journée du monde, et tel homme de ces
temps, dressé au promontoire des villages,
pouvait sentir la virginité des choses, le
mystère proche, les forces dormantes en
son cerveau comme elles dormaient dans la
nature.

Sur des centaines de lieues de forêts, par
la nudité des plaines immenses, la bête libre
se riait encore de l'homme, l'urus et l'au-
rochs, le sanglier et le grand cerf, le loup,

le renard ; la loutre ondulait dans les fleuves,
l'ours gardait les cols infranchissables, l'aigle
tombait au flanc des abimes, les oiseaux
sans nombre peuplaient la frêle densité des
arbres, les reptiles tournaient leurs hélices
resplendissantes aux troncs minces, et l'ardeur des insèctes était comme si leur monde
balançait encore celui de l'homme.

Il avait fait chaud, les lacustres reposaient dehors, au frais, et quelques-uns
seulement s'occupaient à réparer des armes,
à construire des meubles, à moudre entre
les deux meules d'alors, une petite posée
sur une grande, la farine du lendemain.
Personne n'était admis à l'oisiveté dans
le jour, le travail érigé en loi.

Au soir, l'activité s'épandait en causerie,
en jeux de hasard, en pratiques fétichistes.
Un crieur disait par la rue les noms des
veilleurs destinés à remplacer ceux qui gar-
daient les ponts. Sur des pilotis innombra-
bles en bois d'orme ou de sapin une vaste
claie posait, de branches minces. Suivant le
rang et la fortune l'habitation était vaste
ou étroite. La porte se fermait d'une barre
transverse et la fenêtre souvent était garnie
d'un mince tissu en fibres de tilleul.

Beaucoup de petits meubles en bois, des
bijoux marins importés, des agates polies,

des os en parure, mais surtout de belles
armes, de la poterie de cuisine, des vases
d'ornements, des meules à broyer les cé-
réales, des cadres à tisser le lin ou la fibre
de tilleul; et le foyer était de quatre pierres
en auge avec une cinquième pour le fond.
Déjà enfin, un petit monde familier, des
objets complexes, annonçant les joies in-
times, la demeure vivante par mille travaux,
un attachement de fourmi pour la hutte où
s'accumule le produit de l'effort, pour le
village qui garantit de l'ennemi commun,
pour les fétiches qui versent la chance,
sauvent de la maladie et de la mort...

Le soleil plongea, le crépuscule se con-
jugua dans l'eau, un oiseau colosse ouvrit
ses ailes sur le brasier de l'horizon. Partout des flammes courtes comme la toison
des brebis en automne rongeaient les monts
factices, quelques bandes de duvet figu-
raient des promontoires sur des eaux pâles,
trois grottes resplendirent et s'effondrèrent
tour à tour dans les nuages. Et ces choses
prodigieuses, Eyrimah, l'esclave blonde, et
Rob-In-Kelg, fils de Rob-Sen, les contem-
plaient sans analyse.

. Rob-In-Kelg avait bientôt dix-sept ans;
belliqueux . comme son père, le plus puissant colosse de Re-Alg, il avait la fierté de
son corps. Déjà dans ses jeunes lignes paraissait la force de Rob-Sen, les muscles
redoutables, mais sa face était douce dans
l'orgueil.

.Tout enfant il fut capté par la blondeur
d'Eyrimah et par l'étrangeté de son caractère. Loin de l'adresse de ses compagnes
ou de leur assiduité, elle semblait vivre au
delà des choses. Lui, de ses aïeux industriels et agricoles, trempés aux cultes de
la chance, aux lois de la propriété, voyait
partout l'utile et la conquête.

Elle donnait une grâce aux êtres, douée
d'une puissance plus libre, d'un esprit
créateur, d'un génie moins parfait mais
vaste, où plus de matériaux seraient pour
le futur. Si In-Kelg avait la passion du rêve
d'Eyrimah, elle admirait en lui, au rebours,
la promptitude et la certitude.

Assis au bord de la plate-forme, les jambes
balancées sur l'eau, leurs songes différaient
comme auraient différé des enfants issus de
leur double mariage, si lui avait épousé une
brune lacustre ou elle un jeune homme
parmi les tribus blondes de la montagne.

. La guerre et son effroi, des paysages de

nuit et d'embuscades, des coups, des bles-
sures, des butins, des armes miraculeuses,
la chance donnant la victoire, des troupeaux sur les pâturages de la montagne,
des esclaves pour faire lever le blé ou
l'orge, c'est le rêve d'In-Kelg.

Pour Eyrimah, mouvante et souple, le
lac, comme le fouillis des villages, comme
les arbres de la rive, les dentelures, les
courbes longues de la montagne, les cheveux frisés, les yeux bruns et la bouche
d'In-Kelg, tout est grâce. Elle se donne,
pénétrée des choses et les pénétrant, à la
recherche d'aventures légères et miséricor-
dieuses, sans grand souci d'unir les fils
épars de ses idées.

In-Kelg est tel qu'un plein jour, âpre de
clarté, sous la trompette du coq, sous les
fortes moissons, sous les brebis en laine...
Eyrimah offre plutôt l'aube humide de juin
en forêt, des brumes flottantes, une lumière
tendre, des arbres ramifiés à l'infini, des
bêtes libres et capricieuses.

Ils étaient donc assis au bord de l'eau
dans la fragilité suave du printemps, et In-
Kelg se prit à dire :

« J'ai frappé de ma flèche un corbeau sur
la plus haute branche d'un chêne, tandis
que le grand Widhorg l'avait manqué ! »

Eyrimah regarda son ami avec une pleine admiration, nuée de tristesse :

« Tu deviendras plus fort que ton père, — fit-elle, — plus adroit que Slang-Egh, et plus vite à la course que le maigre Berg-Got... Puis tu mépriseras ton amie, tu choisiras ailleurs ta femme. »

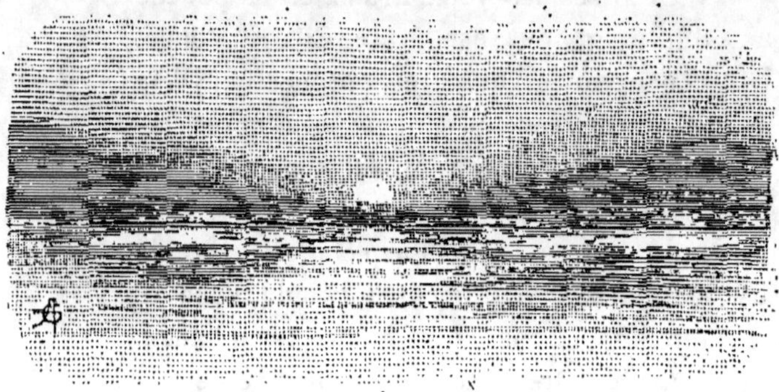

In-Kelg la regarda en jeune maître ; elle s'en révolta malgré l'esclavage.

Une fierté grandissante avec les années vibrait dans sa chair. Mince, comme les bouleaux, on la savait plus indomptable que le loup viril, et le chef, dont elle était captive depuis la tendre enfance, un jour avait voulu la tuer parce qu'elle avait refusé d'obéir. De même qu'elle n'était point si rapide de pensées que ses compagnes, sa

face restait enfantine, noyée d'innocence, et
aristocratique dans le milieu par la blan-
cheur de la peau, les traits fins ainsi que
les graminées en fleurs, les yeux d'un bleu
très doux.

Esclave dès l'âge de neuf ans, son amour
pour In-Kelg virait aux approches de la nu-
bilité, trouble, se préparant aux crises de la
passion qui sont les ouragans d'avril sur
les forêts, quand la main frénétique des ra-
mures secoue la splendeur ouverte des corolles. Elle rêvait le sacrifice, l'offre à son
amour du sang trop abondant de ses veines.
Lui aimait surtout dire ses jeunes exploits
sous la tendresse féminine.

Tandis qu'ils venaient au silence, la brume
du soir noyant les villages lointains, l'ombre
aux pieds des arbres avec un halo par les
branches, un homme surgit derrière eux, à
la lourde mâchoire, à l'œil embusqué sous
le sourcil comme un bandit dans un fourré,
au front curve de brute. Il resta les épier,
épié lui aussi par un colosse trapu, large
face sereine. L'homme à la forte mâchoire
était Ver-Skag, le maître d'Eyrimah; l'autre
était Rob-Sen, le père d'In-Kelg.

La nuit grisonna davantage, puis une grande lune rouge, émergeant derrière les sommets dentés, parut vomie de quelque monstre. Sa passion grandie, Eyrimah posa sa main sur le bras du jeune homme :

« Jamais l'esclave Eyrimah ne pourra devenir ta femme ?

— Si mon père t'achète à Ver-Skag, — dit In-Kelg — ou si tu t'enfuis et que je te retrouve ! »

Elle y rêva, fâchée d'être la servile qu'il ne pourrait prendre sans déchoir, mais In-Kelg :

« Quand je serai tout à fait un homme, je ne voudrai nulle autre que toi. »

Elle grelotta, leva les yeux vers lui, et voilà que Ver-Skag vint la saisir rudement. In-Kelg voulut s'opposer, mais Rob-Sen l'arrêta. Alors Ver-Skag chassa devant lui Eyrimah ; Rob-Sen et In-Kelg côte à côte regardèrent le lac, et le jeune homme était sombre, car Ver-Skag avait presque battu son amie.

Rob-Sen, après avoir songé à l'amour d'In-Kelg pour la captive blonde, reprocha cet amour à son fils. In-Kelg défendit Eyrimah, son courage, son art de pénétrer les rêves qui la rendaient précieuse à Vi-King, le prêtre supérieur. Et Rob-Sen l'écoutant,

resta partagé entre l'ennui d'un mariage vil
et le désir de faire servir son fils à l'alliance
avec les montagnards, car il pressait depuis
longtemps cette alliance, presque seul à la
vouloir, tant la haine était rigoureuse entre
les deux races.

Trente ans écoulés, Rob-Sen avait suivi
le vieux Teb-Sta, son oncle maternel,
venant fonder, selon l'usage, une nouvelle bourgade. Maintenant que Teb-Sta
était mort, Rob-Sen marchait le premier
parmi les fondateurs, ne le cédant qu'aux
prêtres. Il aimait la bourgade, le lac, l'île
mère et toute sa race d'une manière puissante de colosse, et il était la fleur des
siens, un de ces hommes créés dans le
temps qu'une nation approche du dange-
reux apogée, alors que l'avenir tremble
devant elle et que le passé se glorifie.

In-Kelg l'admirait en silence dans le res-
pect de sa beauté victorieuse et la nuit,
toute claire, les pénétrait tous deux de
graves ardeurs, tandis que la vie, près de
finir, s'exaltait au village.

Les enfants en bandes considérables se
ruaient par les plates-formes en jeux
farouches. Dans l'indécision du soir, parmi
les cachettes nombreuses que ménageaient
les huttes, partout des petits cœurs bon-

dissant sous de maigres poitrines, des
yeux de bêtes fuyant par les halliers,
des yeux aigus de fauve scrutant les
ténèbres, puis des cris, l'illusion affolée de
la poursuite, l'émulation d'échapper et de
saisir qui jetait à l'eau le fugitif et le cap-
teur, les faisait plonger sous les pilotis,
suscitait des pugilats terribles où de jeunes
dents de loup s'enfonçaient avec frénésie
dans les chairs, où, dans l'ardeur de se dé-
battre, survenait une épouvante réelle, une
réelle férocité. Des frères, des amis se grou-
pant, élargissaient la bataille. Massés en
camps adverses, ils se gourmaient et se
griffaient, tant que les femmes intervenaient,
tordant les cheveux, envoyant des giffles
cruelles. Silentiés par la terreur et récon-
ciliés, ils s'assemblaient en parties sournoi-
ses, en cercles despotiques aux faibles, in-
ventant des trappes à s'ouvrir sous les pieds
d'une victime ; et le mal poussait en eux sa
plante noire, l'âpre désir de torture et de
misère tel que chez le chat ou le singe. Plus
tard, une mansuétude tremblait sur eux, leurs
jeunes âmes ouvertes à des souffles plus
haut, et ici se dressait quelque poète mi-nu
semant des magies primitives de paroles
et, sur des bribes de vieilles histoires,
brodant des épouvantes et des joies,

l'Heure de la Bête et l'heure de l'Homme.
   Alors, dans l'effroi commun, ils s'élargissaient; les huttes, leurs arêtes croisées
ainsi que des coupants de cristal, le fouillis
des ramilles où reposaient leurs petits
pieds, les ombres de la lune, la cloche du
ciel, les mille rais vacillants de l'infini, cela
tissait une chair abondante et fraîche sur
le squelette des dogmes et refaisait en eux
l'art perdu.

LA FUITE

On avait levé les ponts, le village pris de sommeil se taisait, les enfants étaient couchés, quelques femmes achevaient de cuire du pain en galettes dans un lit de petites pierres surchauffées, quelques hommes priaient devant des fétiches, lorsque le cri du veilleur retentit sur l'eau en cercles sonores jusqu'aux villages voisins.

Tous jaillirent des huttes en désordre, même les femmes et les petits; mais seuls les hommes armés de la lance, de la hache ou de l'arc s'avancèrent jusqu'aux défilés des ponts, avec de rauques clameurs, trapus et rapides, pleins de colère et d'effroi.

C'était sur la berge, assez loin, presque hors de portée des flèches, une troupe d'une quinzaine d'hommes qui marchaient furtivement. Aux clameurs des lacustres, ils ne répondirent pas d'abord, mais une flèche étant partie du village, ils s'avancèrent vers l'eau, et le cri qui sortit de leur poitrine sonna comme les antres des montagnes.

Les chefs lacustres, durs et précipités, défendirent de lancer des flèches, et, durant quelques minutes, la foule ondula sous des sentiments divers, entraînée surtout à vaincre la crainte par la fureur, les centaines de corps bas de stature induits d'électricité belliqueuse, d'une rage d'abeilles ouvrières contre l'ennemi de la ruche, avec des yeux de ruse et de cruauté. Cependant les hommes de la rive maintenant apparaissaient sous la lune. Ils étaient très hauts, le buste long, la jambe un peu courte, et ils frappaient de leur main libre leurs poitrines immenses et rugissantes comme pour des défis et pour des reproches. Leurs épaules portaient des fourrures de chamois, de bouquetins, d'ours ; de longs cheveux

blonds tombaient sur leurs joues ; une
inexprimable noblesse saillait de leur allure
comme la grandeur des monts où ils habi-
taient.

A les voir, la multitude des lacustres s'en-
rageaient d'une rage plus profonde que le
présent, une rage de vainqueur pour la
beauté du vaincu. Prompts et féroces,
noyant le remords aux pratiques fétichistes,
le désir de la destruction abominable les
faisait hurler en voix aiguës, et, à se sentir
plus nombreux et mieux armés que l'adversaire, la plupart eussent voulu le combat,
sans souci des suites. Mais les chefs ne
pensaient pas ainsi. Ils savaient les guerres
anciennes, le courage des montagnards, et,
d'ailleurs, quelques-uns tremblaient pour
leur fortune.

Ils imposèrent silence à leurs hommes.
Six ayant murmuré, ils les frappèrent rudement. Alors la nuit régna de noûveau, car
les hommes de la montagne se taisaient
aussi. Suivant la coutume, un prêtre
s'avança sur un des ponts et il levait la
main dans la clarté lunaire.

Quelques mots communs, introduits chez
les lacustres par les autochtones vaincus,
servirent à l'échange des pensées. Graves,
presque tristes, les montagnards dirent

leurs intentions pacifiques, mais affirmèrent
leur intrépidité. Ils méprisaient l'injure, ils
ne pouvaient admettre qu'on les attaquât.
Le prêtre répondit que les lacustres étaient
les plus forts, qu'ils pouvaient lever une
armée et assaillir les tribus vagabondes de
la montagne. Alors un des plus grands por-
teurs de fourrure se mit devant les siens
sur la rive et dit avec colère que les lacustres ne devaient pas se risquer sur les sommets, que chaque vie de montagnard
coûterait mille vies adverses.

Le chef Ver-Skag, la sombre brute, plein
de rêves de massacre, écarta ses compa-
gnons et il brandissait sa hache luisante
comme l'onde à la lune, il murmurait des
paroles insultantes et guerrières. Le prêtre
l'arrêta et dit que cinquante villages étaient
sur les eaux, que plus de deux cents s'éri-
geaient sur les bas plateaux... Chaque fois
que les hommes des montagnes étaient
descendus ils avaient connu la défaite. Et
pourquoi le vaincu parlerait-il en vainqueur? Le lourd sentiment de leur faiblesse
dut peser sur les montagnards, car ils se
turent, groupés, se rapprochant des rives
dans un défi muet. Le prêtre poursuivit,
rappelant que les montagnards n'avaient
pas le droit de marcher sur le territoire des

lacustres dans un temps où le blé était
semé, où l'on commençait de mener les
troupeaux à la pâture.

Les hurlements de la foule haineuse
appuyèrent les paroles du prêtre, des ha-
ches polies montèrent au-dessus des têtes,
des pointes de flèches et de lances héris-
sèrent la nuit. La clameur s'accrut encore,
quand le grand montagnard marcha jusqu'à
la limite du lac, la poitrine dénudée. Mais
tous les prêtres levèrent des mains désap-
probatives et la multitude féroce s'apaisa,
écouta.

Dans le calme, la voix profonde du chef
blond confirma les intentions pacifiques de
sa troupe. Ils avaient été surpris par une
avalanche, obligés de traverser les bas plateaux.

Les chefs lacustres opposèrent à ces paroles d'insultantes chicanes. A la fois la prudence de leurs richesses et la montée de
sève du printemps, le sang belliqueux et
avide de la race, les travaillaient. Ils re-
voyaient avec des grondements d'enthou-
siasme et de convoitise les jours de gloire
et de butin. Mais déjà les hommes de la
montagne disaient les noms de leurs alliés,
et quand les lacustres surent que c'étaient
les puissants villages des grands lacs de

l'ouest, ils tressaillirent de haine et de terreur.

Les grands lacs de l'ouest, leurs rives, les
plateaux voisins étaient tenus par des peuples triomphants introduits par les défilés,
une nation fraîche. Les vieilles tribus à
têtes-rondes, longtemps préservées de tout
contact par les montagnes, et qui tenaient
l'autochtone prisonnier sur les hauteurs,
avaient plié devant les légions de l'homme
nouveau, apportant une industrie très
haute, une forte discipline guerrière et des
muscles volumineux.

.Cependant, la ruse et la prudence de la
race s'incarnèrent dans le prêtre inspiré
par Rob-Sen; il convia les montagnards à
se rapprocher du village. Ils hésitèrent
d'abord, puis, avec la cordialité de leur
vaste poitrine, ils franchirent les ponts que
les veilleurs abaissaient sous leurs pas.

La foule muette était silencieuse comme
une femme aux mauvais jours, quand le
sang qui l'opprime ensanglante son rêve;
mais lorsqu'un conciliabule se tint entre les
prêtres et les chefs, elle s'épandit en paroles
rapides, comme un fleuve encaissé dont le
canal s'élargit tout à coup et qui frémit sur
des pierres.

Les enfants réveillés jouaient bruyamment, les chiens aboyaient avec fureur.

In-Kelg avait retrouvé Eyrimah et il lui tenait la main, il lui disait sa tristesse. Ravie de l'inquiétude du jeune homme, de la supplication jalouse de sa voix, elle avait une mutinerie légère, elle ouvrait sur lui des yeux adorables qui riaient dans la clarté de la lune.

Ver-Skag, ennuyé du dénouement pacifique de l'aventure avec les montagnards, séparé du groupe des chefs, vit l'idylle et une rage de mâle frustré le tenailla. La fille blonde s'enfuit, et Ver-Skag, la voyant disparaître dans la maison, s'arrêta devant In-Kelg avec un mépris affecté :

« Cette nuit même, — ricana-t-il, — Eyrimah...

— Prends garde à toi, — fit le jeune homme, — si tu oses toucher à Eyrimah.

— Je ne crains ni toi, ni ton père. »

Il s'éloigna pourtant, soit qu'il eût peur de l'attitude d'In-Kelg, ou qu'il lui fût plus doux de savourer longuement sa vengeance, ou encore qu'il jugeât l'heure inopportune.

Le conciliabule des chefs avec les montagnards se terminait. La foule rentra pêle-

mêle avec des regards farouches aux hommes de la montagne qui s'éloignaient par la
rive.

Ver-Skag grondait comme un chien me-
nacé. Ses petits yeux noirs et ronds célaient des colères sans plus de nuance que
sa prunelle noyée aux fumées du sombre
iris, des colères lourdes comme la spatule
de sa main, comme l'arc aplati de ses tibias,
comme sa mâchoire débordante. Il resta le
dernier à sa porte, salué par les plus
féroces de la tribu qui consultaient son
ricanement. Il vit les dernières silhouettes
disparaître dans l'ombre; il entendit les
dernières querelles, le piétinement du bétail humain se préparant au coucher, puis il
rentra, fiévreux.

Une lucarne, ouverte à l'opposite des
vents dominants à cause de la chaleur, lais-
sait entrer la lune. Les jambes d'Eyrimah
étaient dans la lumière, une sorte de halo
éclairait sa jolie face. Elle feignait de dormir, ruse de coccinelle pour éviter les coups
ou les mauvaises paroles.

Lui restait devant elle, travaillé dans les
fanges de son être ainsi qu'un estuaire à la
marée.

C'était un ténébreux désir où se mêlaient
l'horreur et la poésie des mares à tourbe,

quand flottent les acides des fièvres parmi
les végétaux brûlés, quand des phospho-
rescences errent sur les débris visqueux
des vies inférieures, quand l'onde est obs-
cure à travers la foison des lentilles, quand
grouillent les têtards et la salamandre sur
le savon des glaises.

Eyrimah sentit un corps entre elle et la
lumière, puis une tiédeur, un souffle dur,
une haleine proche de son visage.

Elle ouvrit les yeux.

Ver-Skag agenouillé avait un large rictus
de monstre. Eyrimah y lut le danger confus
qui attire ou épouvante la femme. Elle
s'évada, elle atteignit en silence la porte.
Là, elle fut rattrapée, ramenée dans la
case, renversée sur le sol.

Elle se débattit, hurla, mordant et griffant
la brute, tant que de la chambre une
silhouette trapue émergea : la femme de
Ver-Skag !

Elle eut en un instant des cris de furie,
une rage de taupe rencontrant un intrus
dans son terrier. Elle se rua sur le chef,
elle lui ouvrit la nuque avec des dents car-
nassières, elle lui balafra le front de ses
ongles, et, plus que tout, elle l'étourdit
d'injures.

Lui, redressé, avait une haine peureuse,

levant le poing, mais n'osant approcher, la
sentant plus électrique, plus cruelle, plus
décidée que lui.

Eyrimah se réfugia dans un coin, tandis
que l'homme et la femme restaient en présence. Alors, sa jalousie moins immédiate,
la femme se détendit. Elle se laissa battre,
sachant qu'elle y puiserait une force neuve,
faite de la réaction de Ver-Skag et de ses
griefs à elle. Le calcul fut juste; le chef
passa dans l'autre partie de la maison :
mais il prévint Eyrimah qu'elle serait à lui
et non à In-Kelg, que tel était son droit de
maître, et qu'il en userait. Néanmoins, une
fois parti, il eut ce sommeil légendaire des
brutes où l'histoire des faibles a puisé tant
de ressources.

La jeune fille restait songeuse dans les
givres de la lune. Etre de finesse, aux
énergies cérébrales, aux puissances ténues
conquérantes des mondes et qui sont aux
puissances grosses du muscle comme la
chaleur et la lumière aux coups de mar-
teau, infiniment plus sûres, mais arrêtées à
des lois plus rares et minutieuses, Eyrimah
se sentait capable de vaincre Ver-Skag, à la
réserve du même accident qui écrase le
judicieux insecte sous la pierre qu'il creuse.

Que Ver-Skag usât de violence une

minute, elle était perdue et, par là, se gravait en elle, sous la forme de pensée, l'effort matériel des siècles à balancer le nombre par la qualité, la force par la ruse.

Elle résolut de fuir, mais Ver-Skag ayant fermé la porte et la fenêtre, le bruit qu'elle ferait pour les ouvrir éveillerait l'homme et, avec lui, l'épouvantant danger. Or les frêles corolles de la pudeur s'épanouissaient plus radieuses en elle depuis qu'elle avait vu le trouble d'In-Kelg. Elle tremblait d'une fièvre d'amour et de crainte, cherchant un moyen.

Rampant vers la porte, elle passa devant la pièce où le chef dormait ; il dut l'entendre, il se retourna dans son sommeil, murmura des mots menaçants. Elle revint vers sa couchette, pleine d'angoisse. Des minutes suraiguës coulèrent, puis, dans la broussaille de sa recherche, une éclaircie se fit : elle songea qu'il existait un trou à la muraille de la case, dans un coin fort éloigné ; elle résolut de s'en aller par là.

Lente, elle trouva la fissure, l'élargit un peu, y coula son corps mince et fut dehors. Mais là, si habile qu'elle fût, elle risquait d'être vue à traverser le village. Elle ne pouvait non plus atteindre les ponts. Alors elle résolut de gagner la partie large de l'île

opposée à la rive, et, afin d'y réussir avec
le moins de danger d'être reprise, elle
rampa jusqu'au plus proche rebord de la
claie et se laissa glisser dans l'eau.

· Elle fut sous la plate-forme de l'habitation, dans la cave où les pilotis étaient
comme les stalactites d'une grotte. L'humide, le fleur de moisissure, les ténèbres,
la nage fuyante des rats, rien ne prévalut
contre la jeune exaltation de son courage.

Par endroits la lune poussait un faisceau
de rayons ou pleuvait en fils minces. Le
lac était tiède. Tout au loin, amincies
par la distance en échappées éclatantes
comme l'écorce des bouleaux, des blancheurs déferlaient, marquaient la fin des
claies.

Il était impossible de nager. La fille
blonde, accrochée de- pilotis en pilotis,
avançait laborieusement. Elle touchait des
algues visqueuses très douces et répu-
gnantes qui rampaient sur le bois, des
chauves-souris s'évadaient par une lucarne,
des poissons surpris faisaient bouillonner
l'eau et, quand ils traversaient la lumière,
ils remuaient des écumes de feu pâle.

Au plus épais de la colonnade, Eyrimah
hésita : elle ne voyait plus que des fenêtres
régulières de clarté, c'était partout des

galeries de bête souterraine, une chose
farouche et emmêlée, les pilotis ainsi que
des ramilles sous bois et quelques coquil-
lages dessus pareils à des corolles. Son
bras nu, brusquement zébré de lueurs,
semblait un merveilleux serpent, et les
lourdes draperies du flot clapotaient, se
frangeaient sur son jeune buste, enveloppaient d'une étreinte froide ses jambes
fines, sa taille aimée d'In-Kelg.

Elle finit par gagner le dessous de la rue
où s'étendait une galerie plus large, éclairée
au fond d'un tout petit rectangle bleu.

Là, elle put nager, ses mains sveltes
appuyées sur l'onde, ses pieds la poussant,
silencieuse, et les fils de la lune, plus nombreux, l'enveloppaient d'une trame mobile,
posaient des yeux pâles sur la pâleur de
ses cheveux. L'eau semblait monter vers le
rectangle lunaire, élargi davantage à chaque
brassée. Une plainte sourde, un renacle-
ment, sortait des confus pilotis avec le
clapotement d'une vague jetée d'espace en
espace.

Mais Eyrimah eut peur, car un pas fou-
lait la claie sur sa tête. Elle craignit Ver-
Skag. Elle s'accrocha au pilier le plus
proche; elle attendit.

La lune, maintenant, devait tenir le

zénith; car on voyait sa clarté sur le lac,
mais à peine elle entrait dans la galerie par
le rectangle, tandis qu'elle projetait à cer-
taines fentes des nappes rigides que l'eau
brisait de son va-et-vient. Une brise naquit.
flûta parmi les piliers. Les flots se rompi-
rent en mille facettes où les rayons danso-
taient, agiles comme les gyrins sur les

mares; la cave lacustre, la grotte aux stalactites apparut semblable à l'âtre des jours
d'hiver quand les guêpes de l'étincelle vo-
lent par les ramilles desséchées.

Le cœur de l'enfant était dans sa poitrine
ainsi que les marées de l'Océan. Sauvage
comme la louve que rien n'a pu réduire,
avec les élans de la biche, la clameur des
lionnes orgueilleuses, et gros ainsi que

10

l'orage qui n'éclate pas, l'instinct de la pudeur débordait sa vie. Nul autre effroi que d'être reprise et violentée, et plutôt que de se sentir vaincue, elle aurait lâché son pilier, elle se serait immergée.

Le galop s'arrêta : au bout de la galerie, une ombre fut projetée, un corps resta suspendu. Eyrimah réfugiée dans les pilotis entendit des rames, puis vit une barque. Elle songea que ce pouvait être quelque marchand en route pour un autre village, et elle reprit sa coupe silencieuse, atteignit d'ouverture.

Déjà loin, l'embarcation filait sous la lune. Le lac clapotait d'abondance, des lames accouraient du large, déferlaient lentement, et la lumière pure, ballottée, faisait vibrer une lune très longue dont la traînée venait à elle en zigzags.

Elle s'orienta. Elle était à l'opposite des ponts, où l'on ne mettait pas de veilleur durant la nuit. Des barques en assez grand nombre et solidement attachées oscillaient sous la vague. Elle pensa d'abord en prendre une et gagner la rive ainsi ; mais Ver-Skag pouvait s'éveiller ; il verrait sûrement cette barque, il la rattraperait.

Elle résolut donc de partir à la nage et lâcha les piliers, triste de quitter l'île en

bois où son enfance avait coulé, triste surtout d'aller loin d'In-Kelg. Elle gagna le
large pour atterrir à distance du village.
Une fatigue paralysait ses bras dans l'eau
plus froide du plein air. Le flot la contra-
riait, sa tête émergeait peu, roulée dans les
plis de l'humide, ses cheveux mouillés
étaient sur sa face, à ses épaules et à ses
bras. L'image de la lune fuyait dans les
profondeurs. Elle la regardait, la suivait.
De petites rides fines, parallèles, ployaient
cette image comme une étoffe souple. En
dehors du sillon rompu de l'astre, le lac
était obscur comme l'étain liquide regardé de
biais, tandis que les rives apparaissaient
blondes, de même que les cheveux d'Eyrimah.

Lasse, dans le péril, elle aima la grâce
des arbres où des gouttelettes claires semblaient couler en cascade, elle rêva les
troncs gris des tilleuls, rugueux et tièdes,
où ses mains fripées se poseraient. Elle
nagea plus vite, son corps frêle glissa par
l'eau, tandis que sa tête émergeait davantage. Mais un peu de fièvre lui rosa les
joues, la rive lui parut terriblement lointaine. Elle eut envie de poser sa tête sur le
flot et de dormir, car ses bras s'engourdis-
saient, et sa poitrine soufflait durement,
mais pour cinq minutes ses nerfs la soutin-

rent. Alors ses petits doigts s'ouvrirent, sa
bouche affleura le niveau du lac, plongea.
Elle se débattit une minute encore, an-
xieuse de la rive, puis elle enfonça, elle
disparut, ses cheveux seuls restant flotter
en algues longues.

Pourtant, sous l'eau, l'instinct la ranima,
elle se raidit, nagea sur le dos, presque
sans peine. Et comme ses oreilles se dé-
couvraient parmi la rumeur du vent, elle
entendit une voix qui planait.

« Eyrimah ! »

Elle connut la voix de Ver-Skag, rauque
comme une voix de la pierre, puis une
autre voix, jeune, claire comme la voix des
sources, cria encore son nom. Elle aima
que ce fut In-Kelg, mais elle eut peur pour
lui. L'énergie lui revint. Elle brassa rapide-
ment les coudées qui la séparaient de terre,
cacha dans un repli de la berge son corps
humide et regarda le village où les deux
hommes lui tournaient le dos.

Bientôt une dispute troubla la nuit. Les
dents entrechoquantes, la fille septentrionale
vit des poings levés, une mimique de combat, puis un troisième personnage interve-
nant, trapu, énorme. Elle sut que c'était le
père d'In-Kelg, elle entendit la poitrine
géante menacer Ver-Skag. Elle n'eut plus

peur, elle se réjouit avec une malice féminine, elle suivit la scène. Deux minutes de
querelle, le colosse se ruant sur son adversaire. le corps de Ver-Skag projeté dans le
lac. Puis le vainqueur ramenait impérieuse-
ment son fils au village.

Eyrimah restait à scruter la nuit, inquiète
de savoir ce que Ver-Skag allait devenir.
Bientôt une tête noire parut à la surface,
flotta vers les pilotis. Eyrimah ne le dé-
testa plus tant. Sa vie commune avec le
chef lui revint en douceur. Elle fut contente
de le voir sauvé. Elle eut la grande rési-
gnation des vierges, le désir du sacrifice.

Crainte des veilleurs, elle rampa dans
l'herbe drue, 'elle atteignit les arbres. Sous
leur couvert, elle n'eut plus si froid. Bien
qu'elle eut mangé comme d'habitude, son
aventure lui donnait faim, et, au rebours,
elle n'avait pas sommeil. Elle résolut donc
de marcher tant qu'elle découvrît quelque
fourré, quelque roc où son expérience lui
dénoncerait des œufs. Elle tordit aupara-
vant sa pauvre tunique en fibres de tilleul,
et, plus sèche, un peu reposée, elle partit.

La lune déclinait, grandie à mesure et
moins pâle, la terre avait un frisson mélan-
colique, une nuit paresseuse s'étendait,
sûre de son matin.

Ce ne fut que longues montées et courtes descentes dans les ombres toujours plus longues et les blancheurs bleuies de l'astre, puis elle s'arrêta devant une ouverture vers le haut d'un rocher où croissaient des chardons et d'où retombait une chevelure emmêlée de vigne sauvage. C'était presque inaccessible, le roc étant escarpé et aride, mais Eyrimah, sûre d'y découvrir des œufs et d'y capturer peut-être quelque oiseau, se sentait attirée par ce trou comme par un gouffre. Elle monta donc jusqu'au sommet et, là, elle regarda sous elle. Ses entrailles criaient. La vie ardente réclamait la récompense de l'effort, le sang nouveau. En vain cherchait-elle une autre place où elle put se nourrir. Partout des moutonnements herbus, les pâturages bien gardés des lacustres, déjà envahis par les troupeaux.

La nuit était devant ses yeux élargis de faim comme une hallucination, la coupe resplendissante, le disque nacré où tremblaient des vapeurs, la terre vaste envahie par des pans d'obscurité, les habitations lacustres sur le grand lac, les vaguettes semblables au revers des feuilles de tilleul, et la voix de la vie, en elle, un flux prodigieux qui a grisé l'être humain en ces jours comme à présent.

Elle se pencha, la chevelure de la vigne
retombait doucement, intimement. Il lui
parut impossible que les choses fussent
insidieuses et, seul, le vertige qui retient les
jeunes animaux l'arrêtait encore. Elle se
décida enfin, se suspendit au-dessus du
roc ; mais alors la chute l'effraya à sentir
le vide sous ses pieds. Elle resta longtemps
ainsi, puis, par lassitude, elle céda ; ses
doigts s'ouvrirent, elle tomba le long de la
déclivité. Heureusement le haut de l'ouverture surplombait, son corps passa dans sa
vitesse, et seulement la tête et la poitrine
s'enfoncèrent un peu. Lorsqu'elle frôla la
vigne, elle l'agrippa d'un instinct farouche,
et ainsi ralentit, puis arrêta sa chute. En se
hissant un peu, elle fut dans le trou et s'y
blottit.

Une joie confuse l'envahit, de sécurité
conquise, d'audace récompensée. Au fond
du trou ses doigts rencontrèrent des plumes
chaudes. Un oiseau se débattit violemment,
se sauva par l'ouverture, puis un deuxième.
Eyrimah regretta la proie perdue, mais elle
fut consolée en trouvant un petit tas d'œufs
qu'elle reconnut frais. Elle mangea tout de
suite, puis, satisfaite, elle se roula au fond
de sa petite niche et s'y endormit.

A l'aube, Eyrimah s'éveilla. Elle resta
d'abord immobile, engourdie de froid, à regarder les campagnes. La lune semblait
une petite nue ronde prête à disparaître.
Le jour montait de très loin, en bas, derrière des arbres, dans une poudre légère
de la couleur des myosotis, et cela faisait
dans le lac un trou blanc sur les bords,
tandis que le noir et la brume man-
geaient encore le reste. Une brise errait
sur les plateaux parmi les plantes et elles
vivaient toutes, les grandes en ondulations
de reptile, les petites en minces frissons.

Passant la tête hors du trou, elle scruta
le roc. Elle se trouvait très haut. La pierre,
sous elle, lisse, n'ouvrait à aucune évasion.
Elle ne pouvait songer à remonter. Déses-
pérée d'abord à l'idée de mourir de faim
dans ce trou où de se briser en tombant,
elle finit par découvrir un très étroit rebord
continuant le seuil de l'ouverture. A cent
coudées, ce rebord rejoignait la pente laté-
rale du rocher et cette pente n'était pas
raide. S'accrochant tant qu'elle put à des
rugosités, plongeant ses mains convulsives
dans des creux, elle marcha au long de la
saillie, tourmentée de la sensation d'une
chute en arrière. Elle réussit pourtant,
fière, pleine des joies montantes de l'aube

qui tremblaient sur la montagne et sur le
lac.

Dans l'horizon agrandi, quinze villages
étaient visibles sur une étendue de deux
heures de marche environ, le reste se
perdait avec l'eau dans les brumes. Elle
constata un mouvement inaccoutumé de
barques entre les villages et des villages
de la rivé. Tout-là-bas, à l'endroit où une
rivière sortait du lac et où se dressait la
cité principale, les embarcations se mas-
saient comme au temps des guerres.

Émue pour In-Kelg qu'elle savait témé-
raire, elle gardait l'espoir d'une contesta-
tion des districts de pêche, d'un différent
entre deux villages proches où, même au
cas de lutte, les adolescents ne prenaient
pas les armes; mais, comme elle marchait
toujours, elle arriva dans la région des
prairies, et là elle vit qu'on avait, durant la
nuit, rassemblé les troupeaux qui déjà des-
cendaient vers le lac, de sorte qu'elle trouva
la région déserte, sauf quelques vieux chevaux, quelques vaches malades, quelques
chèvres capricieuses ayant fui les rabat-
teurs. Alors, elle s'attrista. L'île lointaine et
les embarcations l'occupèrent. C'était, dans
une fumée très mince, une lente progres-
sion d'esquifs comme des flottilles de ca-

nards. Elle .regarda longtemps. Enfin la
fumée monta, bleuie, confondue avec le
ciel; Eyrimah vit flotter le signal et com-
prenant que c'était la guerre, elle pleura.
Pourtant, cela ne put diminuer sa crainte de
Ver-Skag ni l'engager à revenir sur ses pas.

Quand elle eut bien pleuré, elle sentit la
faim. Elle attrapa en quelques bonds agiles
une chèvre à la mamelle pendante et but
longuement. Repue, réconfortée, elle rit au
soleil et à la montagne. Son jeune sang
ivre gonfla par ses veines, lui causant des
allégresses. Elle fut comme la chevrette
amoureuse du péril; elle marcha par les
défilés, par les haillons de la pierre dé-
chirée sous les intempéries. Elle goûta
sauvagement les âpres lignes, les gouffres,
les fentes, les déclivités vertigineuses.
L'âme de la montagne fut en elle, sa vie
rude et complexe, l'ombre des gorges hu-
mides, le vent sec des plateaux, l'orgueil
de la pierre que le temps évide et cisèle et
qui meurt lentement dans sa beauté chaque
jour plus profonde.

Bientôt elle atteignit la zone neutre qui
séparait les montagnards des lacustres.
Les souvenirs de son extrême enfance
vibrèrent en elle, confus mais émouvants.
Une joie de liberté, de vie sauvage l'étourdit.

Des bonds de bouquetins ou de chamois dis-
paraissaient entre les rocs, et parfois une
bête fine et gracieuse s'arrêtait, regardait
longuement la fille frêle, puis un bond de
la bête les séparait.

La montagne vibra sous la chaleur de
midi. Eyrimah, abritée près d'une roche
dont les feuillages allongeaient l'ombre en
fine toison, s'endormit pour deux heures.
Quand elle se réveilla, elle eut de la grâce
des choses une sensation aussi emmêlée
que la chevelure des ronces sur sa route
mais profonde et prodigieuse. Elle se pres-
sentit auguste parmi les formes, elle habita
un dieu plus large que celui des lacustres,
elle pencha sa petite âme tremblante sur
cette nature où elle avait la splendeur se-
crète d'être, emportée dans l'espace, un
réceptacle des forces infinies du monde.

Elle traversa la région des plateaux. Partout, le seigle, l'orge, le froment étaient
semés aux terrains convenables. Le cor-
nouillier, le merisier, le prunier sauvage
se disséminaient par les champs. Le poi-
rier, le pommier déjà améliorés se grou-
paient en vergers primitifs. La nourriture
des villages de Re-Alg se trouvait là : les
chênaies productives de glands doux, les
noisetiers, les pins sylvestres dont on man-

geait l'amande huileuse et résineuse, l'if, la
fraise, la framboise, la mûre dont le jus
fermenté versait l'ivresse.

Les bœufs asiatiques, mêlés à l'urus indi-
gène, le mouton et la chèvre paissaient
l'herbe des prairies. Dans ce temps, l'urus
et l'auroch, retirés aux forêts, commençaient
à décroître devant l'homme, le sanglier
s'était rendu, transformé en porc par la
captivité, le lion, le léopard, le félis spelaea
avaient fui devant la race active qui les tra-
quait, avaient gagné l'Inde ou la Sibérie,
tandis que le mammouth, le renne, le vapiti
vivaient parmi les hêtres du septentrion.

Elle marcha jusqu'au soir se perdant en
des routes sans issues. Par le dédale de la
montagne, par les sentiers trompeurs, les
lits des torrents à sec, fermés tout à coup
d'une marche immense de cascade, sa jeune
chair épuisée trouvait le charme épouvantant de l'éternel effort et la patience fure-
teuse de la fourmi, avec la courageuse inquiétude du rossignol migrateur, l'obstina-
tion des saumons remontant les fleuves,
le poème transmis de la crise et du
voyage.

Dans l'après-midi le ciel s'était couvert
de nues basses qui bientôt désolèrent la
vallée. Elle fut à une altitude assez considé-

rable, seule avec les ours et les chamois.
Le vent humide et tiède la fouettait doucement, ses cheveux s'en allaient arrière ou
revenaient battre ses joues, et le souffle
baignait sa face dans un rêve puissant, en-
dormait tout chagrin.

Quand la chute du soleil se fit derrière
les nues, que l'éternelle chimère s'alluma
par les fausses montagnes, par les plages
immenses, les lueurs transformées en bra-
siers dévorants, puis, que s'épanouirent les
fleurs de la clarté, les pétales nués de vert
et d'orange, que s'alanguirent longuement
les plaintes harmonieuses du pourpre,
Eyrimah s'arrêta de gravir. Elle s'installa
sur une saillie assez élevée, seul endroit
convenable pour dormir, et, avant même
que le jour eut fini, elle se perdit au sommeil.

Une rumeur l'éveilla, alors que la lune
humide, très haute, se promenait parmi les
nues, versée d'un lac bleu à un autre, dans
la lenteur mouvante du ciel. Elle écouta.

Un son grave, le son de la trompe qu'elle
reconnaissait comme une voix de sa lointaine enfance planait sur les hauts vals. Le
roc frémissant renforçait les sons au creux
de ses abîmes, les doublait aux murailles
de ses défilés. Bientôt la nuit fut pleine de

la sombre musique. L'alarme s'épandit de
sommets en sommets sur dès lieues d'espace. Il s'y joignit des lueurs, de hauts bra-
siers flambants. Alors Eyrimah vécut la
guerre, l'émoi des femmes, la jactance des
jeunes hommes, la fermeté tranquille des
vieillards, le départ dans l'ombre, le vivat
des poitrines, l'hymne large du combat,
la vie précaire, mais saisissante et héroïque.

Un torrent coulait là, dès que le soleil
fondait les neiges, et c'était un beau torrent qui avait hérissé la pierre sous ses
violences, transporté des blocs énormes.
A sec maintenant, il disait son passage
en crénelures, en pitons, en galets arrondis,
en gueules de monstres mal éndentés. La
lune par intervalle en éclairait le lit, mais
des pans d'ombre vaste coupaient harmo-
nieusement la clarté.

La fille blonde grelottait un peu, car la
nuit buvait la chaleur. Elle s'étira, se mut
pour se dégourdir et tout à coup, dans une
terreur immense, se tassa sur sa pierre.

Trois hommes vêtus de peaux de bêtes et
armés de la lance venaient d'apparaître, et
l'un d'eux, ayant gravi une éminence, sonna
de la trompe. Ils n'aperçurent pas Eyrimah
et s'éloignèrent en causant; mais deux

d'entre eux partirent ensemble tandis que le
troisième continuait seul sa route, s'ar-
rêtant de loin en loin pour sonner. de la
trompe.

Cette rencontre l'émut, de peur d'abord,
puis d'un sentiment plus doux, le souvenir
d'une enfance vague mais non effacée en
elle, et les quelques paroles dites par les
hommes blonds, elle en avait compris le
sens.

Parmi les bruns, là-bas, esclave, elle
s'humiliait de ses cheveux blonds, de ses
yeux bleus dont ses compagnes faisaient
risée. Chaque fois qu'elle avait pu aperce-
voir, aux bas plateaux, des montagnards à
la haute taille, son cœur avait battu. Elle
était enorgueillie de leur mine fière, de leur
aspect robuste et farouche, heureuse d'avoir
dans les veines le sang d'une race héroïque.
N'eût été In-Kelg, elle se serait depuis longtemps enfuie, bien que les montagnards, pour
éviter la guerre, n'accueillissent pas les fu-
gitifs.

Ici, pourtant, son instinct l'avait empêchée
de crier vers les trois hommes. Elle eut
voulu s'offrir d'abord à des femmes. Et
dans sa petite tête vibrante les mots se
levaient de la langue désapprise. Elle les
répétait en suppliante avec douceur et ter-

reur. Elle était tout à fait réveillée.

Quelques gros nuages couraient sur la lune ; au conflit des souffles, les nues s'effondraient comme des neiges au printemps et l'astre allait par les récifs perdus, par des hâvres mordus à même ; il jaillissait de cratères emplis longtemps à l'avance de sa clarté, ou épanchait derrière des moutonnements ses lueurs plus fines que l'écorce des bouleaux, que le revers argenté des feuilles du tremble, que la gorge des faisans, que le pelage des chevaux pâles.

Eyrimah eut envie de descendre de sa pierre, de continuer sa route à la recherche d'une bourgade ; mais voilà qu'une forme se profila sur le lit du torrent, une forme lourde et lente. Un ours se promenait sous la lune. Dressé sur ses pattes de derrière, il marchait ainsi quelques minutes en bête qui joue, puis retombait avec un large balancement de la tête. Les pierres, la lune, il parut s'en amuser, faisant rouler les pierres, et se roulant, lui, le ventre à la lumière.

La jeune fille écrasée d'effroi ne bougeait, suivant du regard le jeu disloqué de la bête. Et voilà que l'ours douta de la solitude, ses narines explorèrent l'alentour, une odeur de chair lui arriva. Deux minutes... et il connut la retraite d'Eyrimah, il se mit

à gravir la roche. Il s'y prit mal d'abord et
dégringola, puis, à la deuxième tentative,
ses griffes s'accrochèrent à la saillie. :

Les hauts cris de la jeune fille, les petites
pierres qu'elle luï jeta sur le mufle l'ar-
rêtèrent, balourd et goguenard, mais pas
longtemps et déjà il hissait son formidable
dos, déjà, à mi-corps, il effaçait la frêle
amoureuse d'In-Kelg, quand une pierre
l'atteignit aux babines et qu'une voix
d'en bas cria dans la langue des montagnes :

« Venez ! venez ! »

L'ours se hâta de descendre en grognant,
puis il pesa son adversaire. Il connaissait
l'homme et s'en défiait, non seulement de
la défiance transmise par l'animal à ses
descendants, mais pour avoir été blessé lui-
même dans un combat. Il s'en alla donc
sans hâte, la tête parfois tournée vers
l'agresseur. Celui-ci, haut montagnard farouche, agitait sa lance, se fâchait de cette
retraite, jetait des pierres au fauve en
criant avec superbe :

« Venez ! venez donc ! »

L'ours insulté s'arrêta, et l'homme per-
sistait à lui lancer des pierres, à le provo-
quer :

« Venez ! venez ! »

La bête vint. On ne sait quelle rage d'être
bravée, peut-être un besoin d'espèce de se
montrer courageuse et dangereuse. A quelque distance, l'ours se leva sur ses pattes
de derrière, et approchant ainsi il eut l'aspect d'un gigantesque humain. Alors, un
vague ennui chez l'homme comme chez la
bête et chez l'homme la crainte du taci-
turne adversaire, chez la bête un effroi
mêlé du confus instinct que son espèce serait anéantie par les forces prodigieuses
de l'homme. La pierre effritée sous le gel,
la pluie et la violence du torrent, pleine
de trous, de pitons, de déchirures, envi-
ronnait la scène. En trois endroits on
voyait des vallées où le chêne moutonnait
les pentes douces. Eyrimah reconnaissante,
priante, aima le grand frère blond qui
défiait le monstre. Elle y retrouva l'instinct
des héroïsmes qui gravitaient en elle, une
noblesse que les lacustres trapus n'attei-
gnaient point.

« Venez donc! venez donc! »

Les mots un peu tremblants vibraient à
ses lèvres comme une bravade apprise, un
orgueil qu'alimentaient les récits des veil-
lées, la haine des deux derniers voleurs de
bétail, l'ours et le loup, et la rivalité mal
éteinte aux échos de son âme de sauvage.

L'ours écarta ses pattes, distendit ses griffes et ouvrit la gueule. Il montrait ses redoutables crocs dans le rire haineux des féroces. L'homme darda sa lance à deux reprises, et à deux reprises manqua l'ours.

Eyrimah, convulsive, avait les muscles trop tendus pour se mouvoir. Tout lui paraissait arrêté dans l'horreur, à peine si elle pouvait discerner l'ours des rocs environnants, et les brèches, les pitons semblaient aussi des gueules de monstres, pleines de crocs dévorateurs. Pourtant, la grande lance, poussée une troisième fois, entrait dans la gorge du fauve et le duel tournait en faveur de l'homme. Eyrimah, délivrée de l'angoisse, se reprenait, tandis que l'ours brisait la hampe de frêne, agonisait effroyablement. Il parvint cependant à détacher, à vomir la pointe aiguë et il tomba sur l'homme, l'étreignit sauvagement ; un coup de casse-tête en forme de nacelle, arme que le montagnard tenait à la main, le fit reculer. Une trêve vint.

Les chances du montagnard avaient baissé, la lance étant le meilleur, le seul moyen de combattre l'ours. Il ne s'avoua pas vaincu pourtant et, sacrifiant sa vie, il cria encore levant sa hache en roche des Alpes taillée mais non polie :

« Venez venez ! »

La bête n'avançait pas. Du sang lui coulait des lèvres sur sa fourrure, mais la plaie devait être peu profonde et peu dangereuse. Une fureur lourde, mêlée de crainte, brillait dans ses pauvres yeux, et comme le montagnard amplifiait ses bravades, l'ours volta, s'enfuit.

Eyrimah était descendue de sa pierre, s'était mise auprès de l'homme. Quand la bête fut partie, ils s'assirent tous deux, et respirant bruyamment ils restèrent longtemps sans parler.

Par une brèche ouverte, un val fuyait sous la lumière humide, et c'était partout comme des neiges légères posées sur les broussailles, sur les bois de sapins, sur des coins de roche. Les deux jeunes gens regardaient cela, remis peu à peu de toute émotion, mais n'osant pas se parler encore.

Eyrimah trouvait son compagnon jeune et admirable ; lui, la voyait gentille, surpris qu'elle fût de sa race tout en portant la tunique en fibre de tilleul. Un désir tendre le traversait, suractivé par la lutte de tantôt, par la solitude. Il sourit à la fille blonde, se pencha vers elle doucement. Elle sourit aussi, pleine de gratitude et de confiance. Alors il se pencha plus fort, il baisa les

lèvres fraîches. Elle se débattit, blessée,
mais il la serrait davantage, il la tenait
comme un petit oiseau dans ses fortes
mains, il murmurait des mots tendres, avec
un sourire de volupté et de décision. Ce
fut un affolement, une peur nuée de tristesse, nuée de faiblesse, une lutte vague
comme l'instinct où flottaient des dessous
d'être nombreux ainsi que les végétations
sous-marines, l'appel amoureux avec la ré-
sistance, le souci d'In-Kelg avec l'abandon
panique, un tourbillon d'âme engouffrant,
pêle-mêle, les corolles ciselées de la pudeur
avec les fruits rouges du désir, tout l'être
soulevé comme un fleuve aux grandes eaux.

Mais tout au fond, par les ondes troubles
de sa volonté, In-Kelg l'emporta. Une
énergie brusque l'ayant dégagée, elle fit trois
bonds rapides, puis, voyant qu'elle n'était
pas suivie, elle attendit une parole. Comme il
se taisait, elle l'implora, elle conta en mots
mal ordonnés sa captivité, son désir d'être
remise à des femmes. Immobile, il l'écoutait
dans un profond étonnement et sa réponse
fut bonne, car la vierge pâle l'avait capté
au delà de sa chair... Elle le comprit à l'ac-
cent humble de la voix de l'homme et, sans
crainte, ils marchèrent côte à côte. Les sons
de trompe s'épandaient toujours par la mon-

tagne. Il expliqua que la guerre était contre les lacustres. Elle dit sa fuite, son espoir d'être adoptée par les tribus de la montagne.

Au bout d'une heure, ils joignirent des huttes sur un plateau que protégeaient des roches. Un grand feu brûlait sur l'une de ces roches, entretenu par des femmes et des enfants. Alors le jeune montagnard appela tout haut :

« Dithèv! Hogioé! »

Deux jeunes femmes vinrent, surprises de l'inconnue à la tunique de tilleul. L'homme dit à Eyrimah que Dithèv et Hogioé étaient ses sœurs et que lui se nommait Tholrog. Hogioé prit Eyrimah par la main et la mena vers une cabane.

La fugitive s'étonna de la pauvreté de cette cabane éclairée doublement par la lune et par un tison de sapin que Dithèv planta en terre devant la porte. Ce n'était pas le petit monde familier des lacustres, meubles et poteries, séparations des pièces, armoires, planchers, mais seulement une salle ronde, de grandes pierres frustes pour sièges, la terre sous les pieds. Pourtant les parois s'ornaient de fourrures, de cornes de bouquetins, d'armes.

Au total, malgré l'impression de sauva-

gerie et de liberté et le retour à son enfance,
Eyrimah se trouvait déçue. Hogioé, Dithèv,
grandes filles, nobles d'attitudes, n'avaient
pas la subtilité apparente, la prompte
adresse, les gestes si sûrs, si délicats des brunes lacustres. Lourdes, lentes, leur bonté ne
pouvait s'épandre aux dentelles de la céré-
monie; les plats qu'elles offrirent à Eyrimah,

grossiers et abondants, furent accumulés
devant elle et ils étaient presque tous de
viande, accompagnée d'amandes de pin...
. Durant qu'elle mangeait, qu'elle buvait
l'eau pure des sources alpines, son cœur
réconforté grandit. Elle se jeta sur les
mains d'Hogioé et de Dithèv, et alors, tout à
coup, dans la caresse rendue, elle sentit la
puissante race comme une grave histoire à
côté d'une chanson; elle pleura, elle san-

glota sa captivité, sa fuite, sa perte d'In-
Kelg, son rêve élargi par le voyage, par la
montagne, par les déchirures des monts et
la paix du ciel, par le sommeil du vent
et l'angoisse du danger. Les deux grandes
filles farouches la tenaient sur elles, et, dans
un instinct profond, la laissaient pleurer,
tristes aussi, la lèvre frémissante.

Tholrog entra. L'affliction de la vierge
le rendit inquiet. On ne laisse pas pleurer
l'hôte, le toit est maudit où les larmes de
l'étranger coulent. Mais la face d'Eyrimah
parut entre ses cheveux blonds et un sourire, convulsif encore, errait sur l'eau
claire de ses traits. Hogioé dit à Tholrog
que la jeune fille avait le cœur gros, mais
qu'elle était contente de l'accueil. Lui, restait vague, désirant ardemment la vierge et
semblable à quelque arbre où dans le secret fourmillant des racines, dans le réseau
harmonieux des branchettes, dans la dia-
phanéité ciselée des feuilles se prépare le
vase précieux de la corolle avec toutes les
habiletés souveraines de l'amour.

Trouble, soupirant, il la mena vers un
brasier où des hommes et des femmes
écoutaient un robuste vieux homme. Hogioé et Dithèv la mirent entre elles.
Tholrog s'assit en face, altéré de la voir.

L'homme qui parlait tantôt l'observa longtemps. C'était le père de Tholrog, renommé
pour lire sur les visages. Sous la lumière
capricieuse, ombrée de fumée, la fille pâle
et sensitive l'étonna tout à coup, et il
l'admira en silence avec le pressentiment
des patriarches devant les êtres qui dépas-
sent leur temps. Sa grande tête longue, les
cheveux en crinière, se tourna vers son fils :

« Le cœur de celle-ci a parlé ! »

Tholrog pâlit, il rêva de gagner Eyrimah
par la mort du rival, par des exploits. Elle
avait un sourire très doux pour le père, et
la majesté du vieillard, à un demi-siècle
d'intervalle, sympathisait avec le fier élan
de la jeune fille. Excité par cette présence
fraîche, il recommença de parler aux
hommes et aux femmes, massés autour du
feu, et Eyrimah attentive et ravie, loin
des lacustres actifs et sans emphase, ouit
une histoire grave à faire trembler la montagne.

(A suivre.)

Chronique

par

JACQUES SOLDANELLE

Le Chroniqueur au Lecteur

Cette tribune, lecteur, m'est offerte par
la direction du *Bambou* à des conditions
inexorables. Je suis l'esclave d'un programme dont il m'est interdit de m'écarter
d'un seul point. Je suis condamné à ne
vous parler que des choses qui intéressent
l'*esprit nouveau* : la vision, les mœurs, la
poésie, la littérature transformées que la

science et la conquête de la terre ont faites
à nos races. Il m'est interdit de voir *vieux*,
même en parlant de vieilles choses. Je ne
dois employer que des sujets qui se ratta-
chent au progrès de l'effort humain, à ce
qu'il y a de curieux, d'énigmatique, de
grave, de comique, de beau, de doux, de
féroce, dans l'Action et la Pensée contem-
poraines. En un mot, je dois n'avoir que
la vision à nous faite par la marche de
l'intelligence, vision presque aussi diffé-
rente de la vision des hommes de la fin
du siècle dernier, que la vision d'un
homme du moyen-âge de celle d'un
citoyen d'Athènes. Par surcroît, mes chro-
niques ne peuvent aborder aucun des
sujets de la polémique quotidienne : scan-
dales mondains, ou, financiers, crises po-
litiques, révélations érotiques, etc., etc. En
revanche, le champ immense du Voyage,
du Fantastique, du Préhistorique, de la
Guerre, de l'Inconnu, du mystérieux Demain, est large ouvert à mes rôderies.

   D'ailleurs, on ne me demande pas la ten-
sion continuelle, et lassante pour le lecteur,
du Rare et du difficile. La familiarité m'est
permise autant que la solennité : j'ai le
droit de faire un peu le prophète quelquefois et de me moquer de moi-même ensuite

— j'ai droit au grand style autant qu'au style le plus négligé — et j'abuserai de l'un et de l'autre, selon l'occurence.

En attendant, lecteur, je me présente comme une fourmi dans la fourmilière de ceux qui préparent *Demain*, ce terrible *Demain* dont l'élite des hommes — économistes, philosophes, savants, réformateurs — a bien cru, vers la moitié de ce siècle, tenir le secret.

Hélas ! les économistes ont dicté des règles rigoureuses, les philosophes et les savants ont décrété que la science était proche de résoudre mécaniquement les problèmes de la vie, les réformateurs ont annoncé de grandes allégresses. Et voilà que le mystère des lendemains et le mystère de la vie sont revenus poser leurs troublants problèmes — voilà que le chimiste et le physiologiste se trouvent devant d'imprévisibles hiatus, que le philosophe et le réformateur sont hantés de doute devant les grandes joies promises. *Demain* reste énigmatique, nul ne dissipera d'avance ses formidables ténèbres...

Non que la science ne soit grande, qu'elle ne doive participer au futur, non que la philosophie ne soit plus haute que jamais !

14

Mais l'inconnu demeure — nous n'avons qu'élargi ses limites!

Ah! pauvre prescience de l'ère qui va suivre! Qui dira si la vieille Europe va devenir secondaire dans l'élan de l'humanité, qui dira si l'Angleterre, la France et l'Allemagne vont croupir dans une lente décadence? Qui dira si la guerre va épouvanter nos peuples au profit des États-Unis d'Amérique ou si elle ne sera qu'un jeu d'échecs? Si elle amoindrira ou la France et la Russie, ou l'Allemagne et l'Angleterre? Qui dira si le socialisme individualiste ou le socialisme d'État, ou ni l'un ni l'autre, vont régner sur le monde? Qui dira si nous assisterons à d'immenses cataclysmes, à des révolutions épouvantables, si des fanatiques feront sauter des villes entières, si les Explosifs seront le fléau successeur des antiques pestes et des séculaires famines? Qui dira si nous voyagerons en aérostats ou portés sur des dynamos aujourd'hui inimaginables, si les machines à vapeur vont s'évanouir devant une mécanique neuve, si les chemins de fer céderont à des appareils de transports sans roues et sans rails? Qui dira si l'art du livre, si l'imprimerie sera bouleversée par des dispositifs enregistreurs rendant inutile la lourde tâche de la typographie ?...

Mais *Demain* ne livrera son secret que *Demain*. C'est aujourd'hui. qu'il faut vivre, aujourd'hui qu'il faut vouloir. Lecteur, on m'impose la tâche d'être à cette place un chroniqueur de son temps, un chroniqueur modeste, sans doute, mais à qui un rigoureux programme défend de te servir les sujets où abonde la chronique journalière, un chroniqueur qui, sans prétendre prévoir l'avenir, doit *presque* parler à des hommes de *Demain*.

C'est là le programme — il est lourd, je l'accepte avec émotion, avec angoisse, mais très résolument.

JACQUES SOLDANELLE.

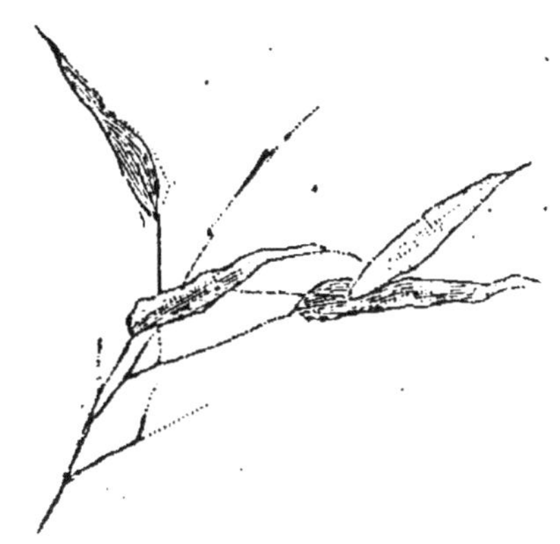

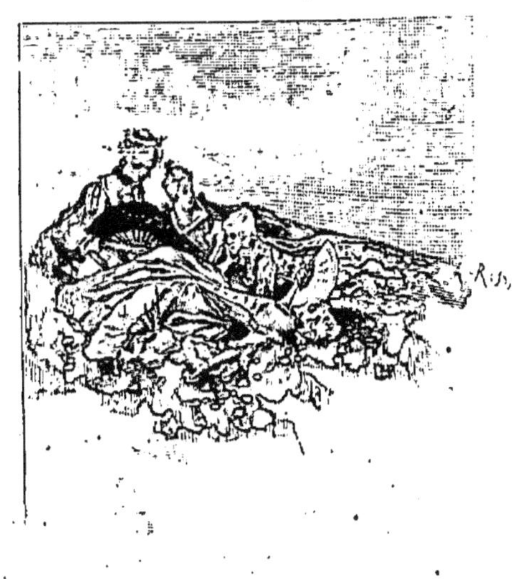

La *Collection Guillaume, in-8° Ne-lumbo,* vient de publier son seizième volume.

L'incroyable vogue, le formidable tirage de cette nouvelle collection, prouvent qu'on a frappé juste et que le livre d'art a toujours ses amateurs.

Nous ne voulons pas nous en arrêter

là. En 1893, non seulement nous poursuivrons notre œuvre, mais nous prétendons réserver au public de grandes surprises.

On a pu juger de la fidélité que nous mettons à tenir nos promesses. Nous croyons avoir résumé en ces quatorze volumes parus la prétention de ne pas « nous restreindre, mais de faire un « choix entre les joyaux littéraires de « toutes les époques comme de tous « les pays.

« Des chefs-d'œuvre modernes ont « coudoyé les chefs-d'œuvre anciens. « A côté de la grande littérature euro- « péenne, nous avons déjà donné un « roman hindou et un roman coréen. « Demain ce sera « le délicieux épisode « d'amour du Ramayana ». Puis viendront la Perse, l'Arabie, etc., etc. »

Eh bien ! à cet ensemble, tout à la fois de sélection et de généralisation, nos traités avec les grands auteurs contemporains vont nous permettre d'ajouter de magnifiques œuvres inédites, un admirable chapelet de chefs-

d'œuvre, dans le même format in-8
Nelumbo, et aux mêmes conditions...
en somme, une sorte de révolution,
dont nous réservons la surprise aux
lecteurs, une ère nouvelle pour le
livre.

NELUMBO

Collection Nelumbo

————☆————

Il paraît deux volumes tous les mois

✳

LISTE
Des 16 volumes déjà publiés

PAUL ET VIRGINIE	ATALA
WERTHER	PRINTEMPS PARFUMÉ
LE PORTEUR DE SACHET	JULIETTE ET ROMÉO
L'ARLÉSIENNE	CANDIDE
MANON LESCAUT	LA RELIGIEUSE
LE SCARABÉE D'OR	LA JITANILLA
LE CORSAIRE ET LARA	LE DIABLE AMOUREUX
ARMANDE	L'AMOUR ET PSYCHÉ

————☆————

Les volumes
de la " *Petite Collection Guillaume* ", in-8° nelumbo,
sont illustrés par
CONCONI, FOURNIER, Grand Prix de Rome,
GAMBARD, MAROLD, MITTIS, ROSSI, etc.
et imprimés sur papier de luxe,
des fabriques de MM. Outhenin-Chalandre.
Les caractères elzéviriens sont gravés spécialement
pour cette Collection.

Couverture en trois tirages, illustrée d'une sanguine.

PRIX

Broché. 2 fr. ✳ Cartonnage Nelumbo. 2 fr. 50
Demi-reliure. 4 fr. ✳ Reliure pleine. 5 fr.

————

Il est tiré, de chaque ouvrage, quelques exemplaires sur les incomparables vélins de cuve des papeteries du Marais. Le papier contient dans sa pâte, en filigrane, les mots : *Petite Collection Guillaume.*

Broché : 3 francs

E. DENTU, 3, *place de Valois, Paris*

Un catalogue spécial et illustré est envoyé à toute personne qui en fait la demande.